마음으로 그린 그림

강원석 시집

마음으로 그린 그림

1판 1쇄 발행 | 2019년 9월 15일
1판 3쇄 발행 | 2019년 9월 30일

지 은 이 | 강원석
발 행 인 | 조규백
디 자 인 | 전예진

발 행 처 | 도서출판 구민사
주 소 | (07293) 서울특별시 영등포구 문래북로 116, 604호
(문래동3가 46, 트리플렉스)
전 화 | (02) 701-7421,7422
팩 스 | (02) 3273-9642
홈 페 이 지 | www.kuhminsa.co.kr
신 고 번 호 | 제 2012-000055호 (1980년 2월 4일)
값 | 12,000원

I S B N | 979-11-5813-707-6 [03810]

마음으로 그린 그림

강원석 시집

구민사

시문

내 마음에 아름다운 꽃을 피워 세상을 향기롭게

시를 쓴다는 것,
사람들의 마음에 꽃을 피우는 일인지도 모르겠다.
시를 읽는다는 것,
스스로 향기로운 사람이 되는 것이리라.
많은 사람이 시를 읽고 마음에 꽃을 피우면
이 세상은 얼마나 향기로울까.

햇살을 곱게 썰어서
고추밭에 한 줌 뿌리고
사과밭에 두 줌 뿌리고

조금 남으면
들꽃에게 나눠도 주고

그래도 남으면
오늘 밤 대문 앞에
초롱초롱 걸어 둬야지

강원석, 「햇살 곱게 썰어서」 전문

좋은 시는 마음을 여유롭게 만든다.
내 마음이 여유로울 때 계절도 오는 법이다.
시 한 편에서 불어오는 글 바람이
그대 가슴을 스치면 가을은 어김없이 오리라.

커피 한잔에 별빛을 저어 마시고,
마음속에 꽃 한 송이 피우기 위해
다시 시를 쓴다. 가을이 성큼 다가온다.

2019년 가을
다섯 번째 시집을 내며

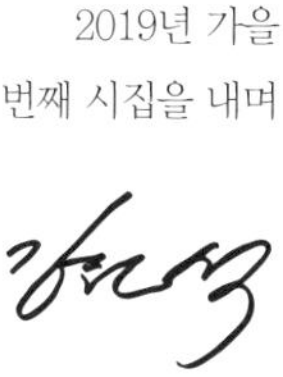

차례

별 하나. 햇살 곱게 썰어서

15 • 미소
17 • 어린 사공에게
19 • 덩그러니
20 • 문득 그리울 땐
21 • 어떤 약속
23 • 햇살 곱게 썰어서
25 • 가을비 지나가면
27 • 가을 들판에 서서
28 • 밥
29 • 나의 묘비명
31 • 농부의 노래
33 • 꽃동네
36 • 아버지

별 둘. 마음으로 그린 그림

41 • 마음으로 그린 그림
42 • 그대 생각
43 • 마음을 잡는 법
45 • 들꽃
46 • 책 도둑
47 • 눈길
49 • 손결
51 • 산에 갔다 올 땐
53 • 쓰다 만 시
54 • 어머니
55 • 너의 죄
57 • 생각해 보라
59 • 얻고자 한다면

별 셋. 내가 바라는 나

62 • 내일
63 • 대화
65 • 형광등
66 • 낙화 후
67 • 꽃잎에게
69 • 이별 없이 지는 꽃
71 • 새소리
72 • 첫눈
73 • 얼굴
75 • 길을 찾아서
76 • 내가 바라는 나
77 • 부족함을 채우며
79 • 촛불이여

별 넷. 겨울에 꾸는 꿈

82 • 겨울에 꾸는 꿈
83 • 바람이 그린 그리움
85 • 책갈피
87 • 정동길에서
89 • 반성
91 • 가을 오니
93 • 지우려고
95 • 아이에게
97 • 행복
99 • 꿈
100 • 그리움으로
101 • 듣고 싶은 소리
103 • 연못가에서

별 다섯. 이런 곳에서 살고 싶네

107 • 2월의 雪

109 • 봄

111 • 꽃길을 걸을 땐

112 • 어느 봄날

113 • 풀밭을 거닐다가

115 • 그대에게

117 • 꽃잎 따서

119 • 철쭉꽃

120 • 동백꽃

122 • 그리운 아버지

123 • 봄날

125 • 꽃을 보다가

127 • 이런 곳에서 살고 싶네

별 여섯. 별이 된 너

130 • 두드림(Do Dream)
134 • 사랑의 왈츠
136 • 별이 된 너
139 • 시를 쓰다
141 • 기도
142 • 이유 없이
143 • 저마다의 이유
145 • 어제 내린 비
147 • 애심(哀心)
149 • 신영물
150 • 대정에서 살리라
152 • 호스피스의 기도

154 • 시인의 말 두드려요. 멋진 그대의 꿈을

별 하나

햇살 곱게 썰어서

미소

너의 얼굴에 늘 솟아나는
환한 그것을 조금만 빌릴게

하늘에 한가득 흩어 놓고
들판에 한 움큼 던져두면

파란 하늘엔 햇살이
푸른 들판엔 열매가

가을에 익으면 잔뜩 따서
기분이 울적한 날 다 갚을게

어린 사공에게

오늘은
노를 젓지 마라

때로는
그렇게 지내도 보자

흐르는 물 따라
부는 바람 따라

넓은 강물을 바라도 보고
깊은 생각에 빠져도 보고

노를 젓는 너의 일이
오직 강을 건너기 위함만은 아닐 테니

덩그러니

이별 후
뭐가 남았나

마음을
뒤져보니

다 주지 못한
사랑 하나 덩그러니 있었다

문득 그리울 땐

꽃이 필 땐
꽃향기에 젖어도 보고

별이 뜰 땐
별빛을 품어도 보고

그러다 문득
누군가 그리울 땐

그때는
두 눈을 지그시 감으려무나

꽃도 별도
눈물 되어 흐를라

어떤 약속

삼월에 핀 꽃은
사월이 오면
느린 바람에도 다 지고

구월에 푸르던 나뭇잎은
시월이 되면
옅은 햇볕에도 쉬 물들고

어느 날은
다 자란 아이가
훌쩍 내 곁을 떠나고

지키지 않아도 좋을 약속인데
세월은 어김없이 지키려 하네

햇살 곱게 썰어서

햇살을 곱게 썰어서
고추밭에 한 줌 뿌리고
사과밭에 두 줌 뿌리고

조금 남으면
들꽃에게 나눠도 주고

그래도 남으면
오늘 밤 대문 앞에
초롱초롱 걸어 둬야지

가을비 지나가면

한 줄기 흩날린 소낙비가
고춧잎을 적시고 지나가면
들길 움푹한 곳에는
한가득 빗물이 고이고
얕고 조그마한 세상에도
드높은 하늘이 담긴다

그 속에 빠져 버린
솜털 같은 구름 한 조각
흠뻑 젖기 전에 건져서
배롱나무 가지 끝에 걸어 두면
살랑대는 바람에
아무 일 없는 듯 둥실 떠간다

하늘은 파래서 구름은 하얗고
바람은 시원해 꽃잎은 고와라
가을비 내 곁을 지나가면

가을 들판에 서서

떠다니는 구름이 쉬어 가기로
흘러가는 시간도 쉬어 갈까

불어오는 바람이 잠잠하기로
떨어지는 꽃잎이 다시 필까

한낱 내 사랑이 영원하기로
곱디고운 그대도 영원할까

붙잡으려 하지도
되돌리려 하지도 마라

무릇 해가 지면 별이 뜨고
내가 가면 또 다른 내가 온다

밥

저녁 올 무렵 허기가 져
노을로 밥을 지어 먹었다

시장기가 가시질 않아
왜 그런가 생각하니

어머니 그 말씀이 없었구나
"한 숟갈만 더 먹어라"

나의 묘비명

슬퍼 마세요

꽃이 피는 곳에
내가 있고

바람이 부는 곳에
내가 있고

노을이
눈물보다 아름다운 날

그대 마음속에
내가 있습니다

농부의 노래

어머니 노랫소리 밭두렁에 뿌리면
말라가던 콩밭에도 나비가 날고

논매던 아버지의 굵은 땀방울은
단비처럼 흘러서 벼이삭을 적시니

어릴 적 할아버지 소 몰던 들녘에는
언제나 정겨운 노을이 물드네

둥근 달을 따다가 등불 대신 밝히고
오손도손 우리 가족 저녁밥을 먹으니

부모님 무병함이 더없는 큰 복이고
아이들 건강하니 크나큰 기쁨이라

내 딸아 내 아들아 너희는 고향에서
들꽃처럼 피어서 밤별처럼 빛나리라

* 이 시는 가수 태진아 씨에 의해 '고향–농부의 노래' 란 가요로 발표

꽃동네

내가 사는 동네에는
봄이 오면 꽃이 꽃을 피웁니다

매화 향기 짙고 나면
분홍 진달래 산허리를 덮어버리고

흰 눈 같은 벚꽃 잎 나풀거리면
영산홍 꽃망울 붉고 또 붉어집니다

꽃이 피고 꽃이 지고
동네마다 집집마다
내가 사는 땅에는 봄이 한창입니다

이곳에서 나는
꽃만큼 예쁜 또 하나의 꽃입니다

아버지

아버지는 늘
달을 짊어지고 집으로 오셨다

술이라도 한잔 드신 날에는
풀벌레 소리로 휘파람을 불며

어쩌다 노을을 안고 오실 땐
동생에게 산딸기를 꺾어다 주셨다

아버지 어깨에
달이 지던 날

그 많던 풀벌레 울음도 그치고
빛 밝은 별 하나 떨어져 내렸다

아버지,

달빛이 유난히 차가운 날
그대, 즐겨 다니던 길을
짙은 그림자 밟고 걸어 봅니다

아버지의 그 무겁던 달은
어느덧 내 어깨 위에서
그때처럼 떠 있습니다

별둘

마음으로 그린 그림

마음으로 그린 그림

도화지 같은 마음 위에
그림을 그린다

노을에 붓을 담가 하늘을 그리고
저녁 새소리로 초가집을 그리고

하얀 눈은 구름을 빌려서 그리고
잘못 그린 그림은 바람으로 지운다

어느 겨울
눈 덮인 우리 집 지붕 위에
노을이 붉게 물든다

그대 생각

꽃 한 송이 그리려다
그대 얼굴 그렸네

숨기고픈 내 마음
붓끝에게 들켰네

나비는 무슨 일로
그림 보며 웃고 있나

마음을 잡는 법

너의 손에 잡힌
내 마음

꼭 쥐지 말아라

그렇다고
놓지도 말아라

들꽃

비가 오면
빗물로 꽃잎을 씻고

바람 불면
바람결로 줄기를 빗고

햇살이 좋은 날
하늘 보며 방긋 웃는다

비바람을 견딘 너로 인해
세상은 꽃밭이 되었다

책 도둑

읽고 싶은 책이 있어
서점에 갔다

책값이 비싸서
사기가 힘들다

다 읽고 돌아왔다

눈길

밤새 눈이 내린 길을
혼자 걸었다

쓸쓸한 발자국을
남기기 싫어서
걸어갔던 길 위에
발자국 하나 더 찍으며 돌아왔다

손결

다정한 손끝에 꽃이 피었나
부드러움으로 향기가 일고
촉촉함 속에 따스함이 스미고

그대
사랑이 아니라고 말하지 마라
미움이 숨었어도 사랑인 줄 알 테니

산에 갔다 올 땐

푸른 산에
올랐다가 돌아올 땐
그냥 오지 마세요

맑은 공기
밝은 햇살
파란 하늘

새소리
물소리
바람 소리까지

다 가져오세요
무거워도 꼭 가져오세요

참, 고마운 마음은
두고 오셔도 됩니다

쓰다 만 시

시를 쓰다가
너무 예쁜 꽃 때문에
잠시 한눈을 팔았다

얄궂은 바람이
그 틈을 노렸나

종이 꾸러미 낚아채
시를 읽는다

그것참
제 얘기 쓰는 줄
어찌 알았을까

쓰다 만
시 한 자락
마음에나 들었을까

어머니

어머니 한숨으로
푸른 싹 틔우고
어머니 눈물로
붉은 꽃 피웠습니다

그 향기 짙고 짙어
나비도 취하는데

어머니는 어이해
꽃이 지듯 가셨나요

어머니 어머니
꽃이 예쁜 오늘은
어머니 그리워
마냥 우옵니다

너의 죄

꽃처럼
아름답게 피어난 죄

향기로움으로
내 마음을 사로잡은 죄

밤마다
별 보며 꿈꾸게 한 죄

네가 지은 죄의 대가로
내가 이렇게 벌을 받는다

가슴 아프게

생각해 보라

단지 한번
눈을 감았다가
떴을 뿐인데

세상이 사라지고
세상이 나타난다

생각해 보니
내가 바로
세상의 주인이다

얻고자 한다면

구름을 보다가
높은 하늘을 보았다

강물을 따라가다
넓은 바다에 닿았다

얻으려고 하는 자에게
세상은 원하는 것보다
더 큰 것을 주더라

별셋

내가 바라는 나

내일

네가 울고 있는 이 시간을
내일이 되어 돌이켜보면

왜 눈물을 닦고
일어서야 했는지
비로소 알게 될 거야

대화

그는
손을 잡아 주는 사람이 없어
포기하고 싶다고 말했다

나는
언젠가 힘들 때 내 오른손이
내 왼손을 잡아 주었다고 말했다

형광등

너무 어두워서
쉬지 않고 깜박였더니
밝은 세상이 왔다

낙화 후

꽃이 피었을 때
사흘을 웃었다

꽃이 지고 나니
나흘을 우는구나

꽃잎에게

너 하나 진다고
봄이 다 갔다고 생각하지 않는다

너 하나 폈을 땐
봄이 다 왔다고 생각했지만

이별 없이 지는 꽃

비 오는 날 아침
어느 산책길에
한 잎 꽃잎이 떨어집니다
빗물에 젖어 떨어집니다

꽃은 떠나기에 슬프지만
빗물 때문은 아닙니다
늘 이뻐라 보아주던 사람이
하필이면 비가 와서
나오지 않았기 때문입니다

이제는 비 오는 날에도
나는 산책을 나갑니다
떠나지 않은 꽃을 보며 말합니다
부디 나 없이 혼자 지지 말아라

새소리

동이 틀 즈음
풀잎에 이슬이 앉을 때

휘리리 지저귀는
작은 새 한 마리

모이를 찾는가
짝을 찾는가

누군가 가고 없는
이 아침

너 하나가
나를 위해 우는구나

첫눈

너를 보내고 돌아오는 길에
첫눈이 내린다

어린 딸
눈동자엔 눈꽃이

아빠의
눈가에는 눈물이

너를 보내고 돌아오는 길에
울지 않으려고 울었다

얼굴

엄마가 보고 싶어
이모 얼굴 바라보고

언니가 보고 싶어
조카 얼굴 쳐다보고

서로의 얼굴을 보다가
그만 눈물이 흘렀다

닮아서
너무 닮아서

길을 찾아서

새들이 날아가다 길을 잃으면
구름이 가는 대로 따라가면 길이라

강물이 흐르다가 폭포를 만나면
눈 한번 질끈 감고 떨어지면 길이라

나그네 산길에서 벼랑에 서면
돌아서서 오던 길 다시 가면 길이라

담쟁이덩굴 담벼락에 부딪히면
포기 없이 쉬엄쉬엄 올라가면 길이라

우리가 찾는 모든 길
그 길은 마음속에 있더라

내가 바라는 나

언제나
따스한 미소를 머금고

언제나
지친 마음을 보듬으며

때로는
너 대신 울어 줄 수 있는

그런
나였으면 좋겠다

부족함을 채우며

날이 흐리다고 구름을 원망 마라
저도 제 할 일을 다하는 것뿐이니

밤길이 어둡다고 달을 탓하지 마라
그마저도 없으면 한 치 앞을 못 볼 테니

내 마음이 가볍다고 비웃지 마라
무거우면 너에게로 가지도 못할 것을

푸르게 솟아 있는 저 태산도
하루를 살아서 천년을 채웠으니

부족하고 덜한 것도 세상 이치라
보태고 더하면서 살아가는 인생이다

촛불이여

그대 나의 흔들림을 보지 말고
너를 위해 타고 있는 뜨거움을 보아라

어둠은 나의 존재를 알리고
바람은 나의 강인함을 높이니

내가 꺼지는 순간은
비로소 해가 뜨는 그때뿐이다

별 넷

겨울에 꾸는 꿈

겨울에 꾸는 꿈

책을 읽다가
문득 창밖을 봤을 때

푸른 나무 속 연두 잎들이
눈동자를 가득 채우면 좋겠다
예쁜 꽃송이까지
활짝 붉으면 더욱 좋겠다

책을 읽고
나무에 반하고 꽃에 눈멀고

봄이 온다고 이보다
더 예쁜 꿈을 꿀 수 있을까

바람이 그린 그리움

구름에 바람이 불면
바람은 구름이 되고

꽃잎에 바람이 불면
바람은 꽃잎이 되고

그녀의 옷자락에 바람이 불면
바람은 그리움이 된다

유유히 떠가는 구름 아래
한가롭게 흔들리는 꽃잎 사이로

그녀의 옷자락이 펄럭인다
바람이 다녀간 모양이다

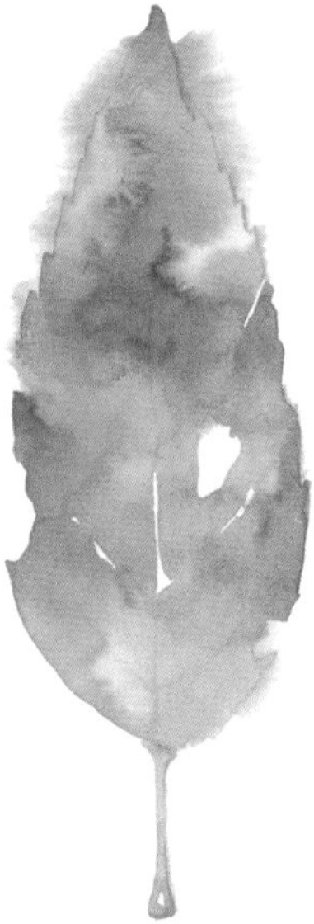

책갈피

나뭇잎 하나가
내게로 왔다

어느 여인의 입술인 양
붉게 단장을 하고
바람을 타고 가다가
사랑을 찾아가다가

차마 외면하지 못해
오래전 그 설렘으로
한 잎 줍는다

이제 내 곁에서 너는
피지도 말고 지지도 말아라

정동길에서

낙엽이 젓눈처럼 날리는
정동길에서

떠나는 그대 모습에
내 마음이 베였다

둘이 걷다가
멀어져 가는 하나여

붙잡을 수 없는 사랑이라
아프고 또 아프다

단풍잎은 노을빛에 타버리고
은행잎은 샛노랗게 재가 되고

너와 나 사이로
별이 지듯 낙엽이 진다
이제 가을은 떠났다

반성

길을 걷다가
떠나는 가을을 밟아 버리고는
미안함에 가슴을 움츠려야 했다

나뭇잎이 붉게 타던 날
나는 작은 잎사귀 하나
물들이지 못했다

가을 지나 겨울 오면
시린 마음 어찌 꽃 피우리

낙엽은 떨어져 스러지는데
아무것도 할 수 없는 나는
서글픈 눈물 한 방울
그냥 흘리고 말았다

가을 오니

보고 싶은 얼굴이야
눈 감으면 되지만

보고 싶은 마음은
눈 감으니 더하네

그리운 사람이야
참고 살면 되지만

사랑하는 사람은
참으니 눈물만 흘러

지우려고

부는 바람에 꽃잎 하나 띄우고
흐르는 강물에 별빛 하나 띄우고

지나가는 시간 틈에 너를 보내려고
함께 사랑한 모든 것
남김없이 띄웠다

기억 어딘가에
지울 수 없는 마음 하나
그것만 남았다

아이에게

이 세상 수많은 꽃 중에
네가 제일 예쁜 꽃이란다

저 하늘 수놓는 별보다
네가 더 빛나는 별이란다

아이야

너는 꿈을 품고 자라서
꽃이 되고 별이 되어라

행복

꽃을 볼 수 있으니 좋구나
향기를 맡을 수 있으니 또 좋구나

살아간다는 것
그것만으로도 행복할 수 있다면

너의 삶도 나의 삶도
꽃처럼
피고 또 피리라

꿈

누군가 꾼 꿈들이
하늘의 별보다 많을까

사라져 흩어진 꿈들이
떨어진 꽃잎보다 많을까

별만큼 많은
꿈을 꾸어야지

꽃잎처럼 떨어져도
향기는 남을 테니

그리움으로

나는
그리움으로 눈 뜨고
그리움으로 하루를 삽니다

그리움으로 산다는 것은
때로는 고통이지만
때로는 희망입니다

언젠가 그대를
다시 만나면

그리웠노라
그리웠노라
그리워서 지금까지 살았노라
그렇게 말하렵니다

듣고 싶은 소리

한겨울 듣고 싶은 소리가 있다

장독 위로 떨어지는 빗방울 소리
나뭇잎을 타고 노는 실바람 소리
초저녁에 울어대는 풀벌레 소리

지금 들리는 소록소록 눈 내리는 소리
한여름엔 이 소리가 제일 듣고 싶었지

연못가에서

비 오는 날
개구리 소리 소란하다

비에 젖어 울고 있나
비가 좋아 울고 있나

그 마음 몰라도
그 소리 정겹다

개구리 우는 연못가에
어린 내가 서 있다

별 다섯

이런 곳에서 살고 싶네

2월의 雪

겨울은 가려는데
어쩌자고 흰 눈은 이리도 내리나

봄은 오려는데
이내 마음 온통 눈밭에서 뒹구네

지금 이 순간이
오로지 나의 삶이니

가는 겨울 연연 말고
오는 봄을 근심 말자

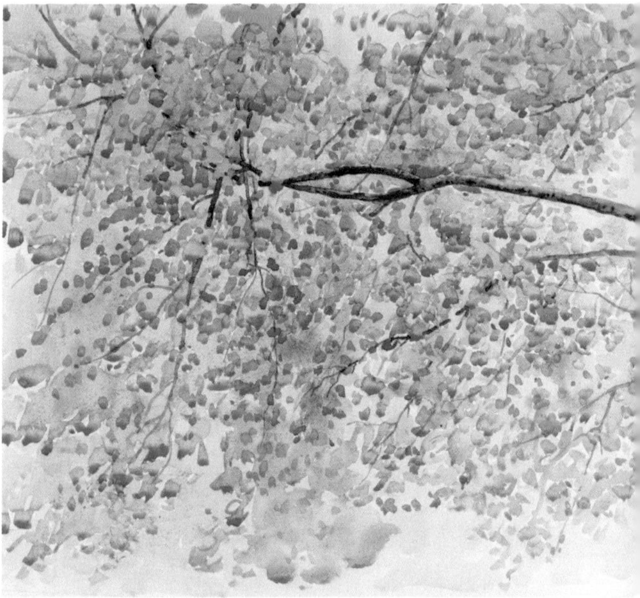

봄

그대의 큰 사랑을
비좁은 가슴에 다 담지 못해
불어오는 바람과 나누었다

바람이 지나간 나뭇가지에
푸릇한 꽃망울 봉긋하고

바람이 스쳐간 옷자락엔
꽃향기 피어서 꽃물이 밴다

설마 내게 올 사랑까지
다 가져간 건 아닐 테지

꽃길을 걸을 땐

산수유 흐드러진 꽃길을
그대 무심히 걷지 마라

보아 주고
웃어 주고

때로는 멈춰서서
향기도 품어 주고

집으로 돌아갈 땐
내일 또 오마 하며
그렇게 걸어가라

너를 위해
눈보라에 맞서 핀 꽃이란다

어느 봄날

동백나무 붉은 꽃잎이
툭 하고 떨어진다

청매화 하얀 꽃무리는
하늘을 뒤덮고

빗줄기에 핀 꽃이
바람결에 지누나

밭매던 아낙의 눈길이
꽃 틈에서 멈추었다

풀밭을 거닐다가

발아래 핀 풀꽃을 피하려다
발목을 접질렀다

눈물이 흘렀다
아파서가 아니다

뜨거운 뭔가가
아직 살아있음이 고마워서다

그대에게

꽃처럼 향기롭고
별처럼 빛나는 그대

그대가 있어
내 삶이 아름답습니다

나로 인해
그대의 삶도 아름답다면

우리는 사랑해서 행복하고
행복해서 더 사랑합니다

꽃잎 따서

자목련 한 잎 따서
개울물에 띄워 보고

산벚꽃 두 잎 따서
바람결에 날려 보고

봄이 오니 좋아라
꽃으로 부린 사치

세상 꽃잎 다 따서
그대에게 주고 싶네

철쭉꽃

화사한 봄 햇살
향긋한 꽃내음

한아름 안고서
바람아 불어라

길 따라 물 따라
유유히 가다가

행여나 그녈 만나
고향 소식 물어오면

내 얘기는 하지 말고
그냥 하지 말고

철쭉꽃 한가득
피었다고 전해라

동백꽃

동백꽃 붉어지는 계절이 오면
나를 위해 살다 간
흰 눈과 투명한 얼음과
세찬 바람을 생각합니다

봄을 잉태한 것은
뜨거운 차가움이었음을
그제서야 알았습니다

세상의 모든 것은
나를 위해 변하고
나로 인해 바뀝니다

얼어 버린 겨울도
그것을 녹여 품는 새봄도
내가 있어 아름답습니다

고마운 동백꽃이
봄바람에 떨어집니다

그리운 아버지

설운 얼굴 머리 수건에 애써 감추고
아낙네 홀로이 밭일을 나가면

우는 동생 등에 업고 노래를 부르는
어린 딸 두 눈에는 이슬이 고이네

산버들 꺾어 주시던 우리 아버지
어이해 꿈에라도 오시질 않나

복사꽃은 바람 따라서 떨어지는데
강물은 거침없이 굽이쳐 가는데

꽃잎에 애절한 마음 새겨 보낼까
물결에 보고픈 마음 띄워 보낼까

아버지 그리워 부르는 노래에
꽃향기는 붉어서 눈물만 흘러라

봄날

행복하게 사는 것을
부러워 말고

행복하게 살지 못하는 것을
탓하지 마라

꽃 피는 겨울도 있고
눈 내리는 새봄도 있더라

꽃향기 지겨워도
네 삶은 꽃밭이니

즐겁게 살아가면
그날이 봄날이다

꽃을 보다가

꽃을 꺾지 마라
눈으로 봐도 아쉬움인데

그 꽃잎 가슴에 품고
그 빛깔 눈동자에 담으면
향기는 네 얼굴에 필 것을

꽃을 꺾지 마라
끝이 없이 붉고 나면
가만히 두어도 이별인데

꽃잎을 흔드는 바람도
가여워서 쓰다듬고 있는데

이런 곳에서 살고 싶네

이런 곳에서 살고 싶네
해마다 계절의 오고 감을
마음껏 느낄 수 있는 곳

아카시아 향기인지
라일락 향기인지 분명하지 않아도
봄이면 꽃향기가 달콤하게 코끝을 간지럽히는

매미 소리 요란해도
뻐꾸기 소리 간간이 들려오는
시골 냄새 잔뜩 묻은

가까운 이웃 하나
부엌이 예쁜 내 집으로 언제나 오갈 수 있는

이런 곳에서 나는 살고 싶네
당신도 같이 살아요

별여섯

별이 된 너

두드림(Do Dream)

두드려요 그대의 꿈을
푸른 마음속에 보석처럼 품고 있던
힘을 내요 포기하지 말아요
지친 마음을 다독여 줄게요

가슴 시린 날 너무 많아요
그럴 땐 새벽에 하늘을 봐요
밝아 오는 태양 눈부심 속에
그대의 미래가 있어요

밤이 오고 어둠이 내려도
별빛은 더욱더 빛나잖아요
지금 고된 시간들 지나가면
꿈꾸던 날들이 올 거예요

앞으로 달려가지 않아도 좋아요
넘어진다면 그냥 다시 일어나서 걸어가요

두드려요 그대의 꿈을

푸른 마음속에 보석처럼 품고 있던

힘을 내요 포기하지 말아요

지친 마음을 다독여 줄게요

* 가수 변진섭 13집의 수록곡 'Do Dream'의 원작 시

사랑의 왈츠

보랏빛 바람이 불어오면
나는요 얼굴이 빨개져요, 살짝

그대의 눈빛이 좋아
그대의 숨소리 들려요, 살며시

내 작은 눈동자 그 안에는
너라는 사람이 가득해요, 정말
언제나 그 얼굴 보면서 머물러요, 그대

사랑, 영원할 수 없는 걸 알지만
그래도 좋아요
사랑, 설마 바람결에 지는 꽃처럼
훨훨 떠나진 않겠죠

빗물에 꽃들이 피네
바람에 꽃잎이 춤추네
세상엔 모든 것이 찬란해요

흰구름 지나가면 햇살은 날갯짓하고
우린 둘이 서로 사랑을 해요

* 가수 변진섭 13집의 수록곡 '사랑의 왈츠' 의 원작 시

별이 된 너

나 그대 처음 만난 날
저녁노을은 지고
별님만이 우리를 따스하게 비췄지

너의 눈엔 별빛이
나의 눈엔 네 미소
우리는 서로에게 짙은 설렘이었지

우리가 함께 걸었던
길에 꽃들은 피고
그 시간이 너무나 향기롭고 예뻤지

너의 품엔 사랑이
나의 품엔 행복이
우리는 별보다도 아름답게 꿈꿨지

오 그대여 나의 사랑아
이젠 그댈 볼 수 없어요

별은 떨어져 버리고 어둠 속에서
헤매고 있는 나는 슬퍼라

너를 진정 사랑했는데
너 없이는 살 수 없는데
부서진 가슴에 눈물이 흐르네

사랑할 수 없어 별이 된 사람
슬픔 속에 남겨진 사랑이여
외로운 밤 별이 된 그대여

* 가수 변진섭 13집의 수록곡 '별이 된 너'의 원작 시

시를 쓰다

생각이 많습니다
지나온 크고 작은 시간들이
아름다워서 그립습니다

해가 뜨고 별이 뜨고
바람 따라 구름은 흐르고
새는 숲에서 웁니다

벼이삭이 땅을 보는 이유
하늘 아래 해바라기는 알까요

노을은 붉게 지지만
누군가의 가슴속에
영원히 남을 것을 믿습니다

생각을 지웁니다
마음을 비웁니다
다시 시를 씁니다

기도

저 여름은
어디로 가는 걸까

뜨거운 열기여
너는 내 품에 남아
한겨울 차가움이 세상을 삼키려 할 때
굴하지 않고 이겨 내게 하여라

내 젊음은
어디로 가는 걸까

식지 않는 열정이여
너는 내 가슴에 남아
살아가는 날들이 힘겨워질 때
둥글게 굴러가는 바퀴가 되어라

이유 없이

사람이 하는 일에
꼭 이유가 있어야 하나요
가끔은 이유 없이
이것저것 해보기도 하지요

오늘은 별 이유 없이
감나무 아래에 누워
떨어지는 홍시를 받아먹으렵니다

일하지 않고 먹을 수 있는
호사도 한번 누려 보고요
홍시가 안 떨어지면 그냥 따서 먹고요
혹여나 먹을 수 없다면 안 먹고 말지요

마음 가는 대로 그렇게 하루를 지내봅니다
어쩌면 더 열심히 살아야 할 이유를
알게 될지도 몰라요

저마다의 이유

새가 하늘을 나는 것은
신나서 노는 게 아니라
모이를 찾아 열심히 일하는 거란다

아기가 젖 달라고 우는 것은
배고파서 보채는 게 아니라
간절하게 저의 삶을 사는 거란다

네가 책을 읽는 것은
시험 그 하나의 목적이 아니라
세상을 품기 위해 꿈을 꾸는 거란다

어제 내린 비

그날 내린 빗물은
우산을 받쳐들어도 마음을 적셨다

하얀 종이 위에
잉크를 엎지른 듯 검게 검게

쓰다 만 일기장엔
얼룩만 가득하고

누구던가
푸른 하늘을 송두리째 가져간 이

계절은 떠났다가 다시 오는데
노을은 지기 위해 또 붉은데

이젠 비가 내려도
젖지 않는 마음 하나
그 마음만 남았다

애심(哀心)

꽃이 시들면 잊어버리고 말 것을
시들지 않는 저 별을 너에게 준다

햇볕이 환한 낮에는
밤을 기다리는 간절함으로 하루를 보내고

비가 내리는 밤에는
구름 뒤에서 애태우는 그 마음을 헤아리고

그러다가
밤빛이 처연하게 푸른 날에는

오직 너를 위해 빛나는
슬프도록 아름다운 그 영혼을 기억하라

신영물

수천 년 이어 온 탐라의 숨결 속에
목마른 님들의 생명이 되었으니
끝없는 가뭄에도 마르지 않았네

물장구질 꼬마둥이 즐거움이 서려 있고
빨래하는 아낙네의 웃음소리 들려오는
보고 싶은 사람들아 그 모습 아련해라

끊임없이 솟아나는 침묵의 물줄기여
어머니 품속 같은 사랑의 젖줄이여

할아버지 터 잡아 축복받은 이곳에
이제는 아이들이 뛰어놀며 꿈을 꾼다

잊지 않으리라
네가 있어 우리가 살아왔음을

* 신영물 : 제주도 서귀포시 대정읍에 있는 용천수

대정에서 살리라

푸른 바다 위 하얀 파도가
모슬포를 깨우면

아이들의 웃음소리 맑고 맑아서
유채꽃이 피어나네

제주의 신비인가
한라의 축복인가

신영물 솟아나 사랑이 흐르고
사람들 모여서 행복이 넘치니
살아가는 나날이 노을처럼 빛나여라

정겨운 골목마다 반가운 이웃들
대문 예쁜 우리 집에 다정한 가족들

아름다운 대정에서 나는
바람에 속삭이는 꽃이 되어 살리라

※ 대정 : 제주도 서귀포시 대정읍

호스피스의 기도

내 손길 하나로
그대의 한숨을 줄일 수 있다면

내 기도 하나로
찢어진 마음을 기울 수 있다면

나는 순결의 영혼으로
가슴의 부르짖음을
기꺼이 토해 내겠습니다

신이시여
당신을 헤아릴 수 있는 지혜도
당신을 보듬을 수 있는 아름다움도
모두 다 주옵소서

내 눈물 모아
단 한 사람의 목을 축일 수 있다면
나는 이 생이 다하는 그날까지
열망의 눈물, 울고 또 울겠습니다
신이시여

* 호스피스 일을 하시는 우리 곁의 천사들에게 이 시를 바칩니다.

시인의 말

두드려요. 멋진 그대의 꿈을

"현명한 사람은 꿈을 꾸며 노력하고, 게으른 사람은 노력 없이 꿈만 꾸고, 어리석은 사람은 꿈도 노력도 없다. 무릇 꿈이란 거창한 것이 아니며, 이루고 기뻐할 수 있는 것, 그것이 꿈이다." 내가 강연을 다니며 늘 하는 얘기다.

아이들의 마음속에는 언제나 꿈이 있다. 늘 꿈을 먹고 자란다. 안타깝게도 어른이 되면서 그 꿈은 하나씩 사라지고 만다. 어릴 때 품었던 수많은 꿈, 지금은 하늘의 별이 되어 반짝이고 있을 거다. 여러분은 어떤 꿈이 있나? 사람의 가치는 꿈이 있냐 없냐에 따라 달라진다. 한 편의 시를 읽고, 다시 한번 꿈꾸는 나를 찾아보면 어떨까.

공직에서 나와 본격적으로 시를 쓰기 시작한 지 5년이 되었다. 그동안 참 많은 일이 있었다. 무엇보다 내 삶이 정신적으로 여유가 있고, 늘 새로워졌다는 게 가장 의미 있는 일이다.

처음 시를 쓰면서 매년 1권의 시집을 내겠다는 꿈을 키웠고, 벌써 다섯 번째 시집을 냈으니 그 꿈은 이루어지고 있는 셈이다. 시를 쓰면서 또 다른 꿈이 생기고, 그 꿈들을 하나씩 이루면서 살고 있다. 꿈은 꾸는 자만의 것임이 분명하다. 바라는 꿈이 없다면 이룰 꿈이 어떻게 있겠는가.

올해는 유독 좋은 일이 많은 것 같다. 영광스럽고 감사하게도 우리나라의 대표적인 대중가수들에 의해 부족한 시 여러 편이 노래가 되었고, 사람들에게 사랑받고 있는 게 특히 좋은 일 중 하나다. 또 많은 곳에서 강연 요청이 와서 전국을 다니며 다양한 독자들을 만나는 것도 너무 기쁜 일이다. 시인으로서 더 많은 꿈을 꾸게 하는 요인들이다.

언제부턴가 나는 좋은 일이 생길 때마다 스스로를 뒤돌아보는 습관이 생겼다. 자만하지는 않는지, 겸손하지 못한 부분은 없는지, 놓치고 지내는 것은 무엇인지…. 이런 생각을 하면서 내게

일어나는 좋은 일은 다른 사람에게 더 많이 베풀라는 의미로 받아들이게 되었다. 그래서 많이 가지지는 않았지만, 내가 가진 것을 항상 나누려고 노력한다. 그러다 보면 또 좋은 일이 생긴다.

영국의 시인 윌리엄 워즈워스는 "시인이란 인간의 본성을 지키는 바위 같은 존재이다. 그는 지지자요 보호자이고, 어디를 가든 정과 사랑을 지닌 사람이다."라고 말했다. 나는 과연 그런 시인으로 살고 있는지 스스로에게 묻는다. 그렇게 살리라 다짐하면서.

끝으로 다섯 번째 시집을 통해 다시 한번 나의 꿈을 두드린다. 여러분과 그 꿈을 나눌 수 있다면 기쁘겠다.

좋은 詩 한 편이
사람의 인생을 바꾼다